中文躍升訓練系列

閱讀語基
特訓營

小一

姓名：＿＿＿＿＿＿＿＿＿＿

班別：＿＿＿＿＿＿＿＿＿＿

中華教育

編寫說明

本系列根據香港教育局公布的《小學中國語文建議學習重點》編寫而成，能配合各家出版社課本使用，以提升香港小學生的閱讀理解和語文基礎知識能力。

本系列架構及特色

⭐ 本系列共六冊，適合小學一年級至六年級學生使用。每冊24個練習，包括12個語文基礎知識和12個閱讀理解練習，並有2個測驗。

⭐ 練習包含學校及公開考試常見題型，讓學生熟習試題形式。

⭐ 語基綜合訓練字詞、句式、修辭、標點符號四大範疇。

⭐ 閱讀篇章文體多元、題材生活化，以培養品德和激起閱讀興趣為本，同時認識不同文體，對寫作大有幫助。

⭐ 本系列設有以下特別欄目及題型：

語基小助教 **閱讀小助教**「語基小助教」和「閱讀小助教」為學生講授知識，提供作答技巧，協助完成題目。

親子題「親子題」專為一年級至三年級而設，讓年幼的學生與家長有更多親子互動交流，在家長的幫助下打好閱讀基礎，培養為人處事的品格。

創意寫作題「創意寫作題」以讀帶寫，讓學生發揮想像，同時訓練閱讀和寫作能力。

⭐ 每冊附「答案及溫習手冊」，備有參考答案及語文基礎知識解說。

目 錄

一 名詞辨識：找出以下哪些是名詞，在□內加✓。

☐ 圖書館　☐ 打開　☐ 爸爸　☐ 拍打

☐ 青蛙　☐ 中午　☐ 眼睛　☐ 跳

☐ 巧克力　☐ 唱　☐ 樹木　☐ 月亮

> **語基小助教**
> 名詞是表示人物、動物、地點、物品、時間等名稱的詞語。

二 選詞填充：選出適當的名詞，填在＿＿＿上。

同學　　猴子　　課室　　風箏　　操場

1. 我們來比賽，看看誰的＿＿＿＿＿＿飛得最高。

2. 小息時，我和＿＿＿＿＿＿玩得十分高興。

3. ＿＿＿＿＿＿是爬樹高手。

4. 我們在＿＿＿＿＿＿上體育課。

三 名詞辨識：在( )內圈出適當的名詞。

1. 開學了，我背着新（ 書包 / 校服 ）上學。

2. 老師叫我們張開（ 耳朵 / 嘴巴 ）大聲唱歌。

3. 爸爸每天到（ 泳池 / 公園 ）跑步。

4. 天空中有彎彎的（ 月亮 / 星星 ），真漂亮！

四 判斷句子：根據句子意思，在（　）內圈出正確答案。

1. 小明（ 是 / 有 ）班上最高的同學。

2. 外公的家（ 是 / 有 ）很多山水畫。

3. 海底裏（ 是 / 有 ）各種各樣的魚。

4. 我今年六歲，（ 是 / 有 ）一年級學生。

> **語基小助教**
> 「是」說明事實或肯定的事；「有」表示存在、擁有或具有。

五 聯句：用直線把左右兩邊的文字連起來，使成為意思完整的句子。

1. 圖書館　•　　　　•　是我的生日。

2. 昨天　　•　　　　•　有一羣羊在吃草。

3. 草原上　•　　　　•　有很多書。

六 重組句子：把以下的字詞和標點符號，按先後次序在（　）內填上數字，使成為通順的句子。

　　　（ 3 ）（ 2 ）（ 1 ）（ 5 ）（ 4 ）

例：　很多　　　有　　　媽媽　　　。　　　糖果

　　（　　）（　　）（　　）（　　）（　　）

1. 　有　　夜空中　　。　　閃亮的　　星星

　　（　　）（　　）（　　）（　　）（　　）

2. 　。　　乖孩子　　一個　　我　　是

細心閱讀下文，然後回答問題。

新奇的筆盒

　　升上一年級時，姨母送了一個筆盒給我，我歡喜極了！

　　筆盒是藍色的，蓋子後面有一句名言①：「一寸光陰一寸金，寸金難買寸光陰。」這句話是說時間比黃金還珍貴，姨母希望我珍惜時間，努力 5 讀書。

　　筆盒有兩層，我把鉛筆和原子筆放在上層，把尺子和貼紙放在下層。筆盒上有兩個按鈕，按一按黃色鍵，鉛筆刨就會彈出來；按一按綠色鍵，橡皮擦的盒子也會彈出來，非常新奇！　　　　10

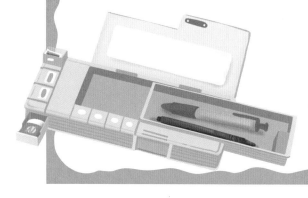

　　我會愛惜這個筆盒，也會記着筆盒上的名言，不會讓姨母失望。

積累詞語

① 名言：人們常引用來說道理的話。

1. 從文中第一、二段找出適當的詞語，填在＿＿＿上。

　(1) 媽媽收到禮物，滿心＿＿＿＿＿＿＿＿。

　(2) 姐姐很＿＿＿＿＿＿＿＿練習跳舞。

2. 誰送筆盒給「我」？

　　　　　　　　　　　　　　　送筆盒給「我」。

3. 筆盒上的名言，提醒「我」甚麼？

閱讀小助教

找出哪一段提到「名言」，了解那句名言的主要意思。

　　　○ A. 要珍惜筆盒。

　　　○ B. 要珍惜時間讀書。

　　　○ C. 黃金很珍貴。

　　　○ D. 要感謝姨母。

4. 「我」的筆盒裏沒有以下哪一件文具？

　　　○ A. 鉛筆　　　　　　　○ B. 尺子

　　　○ C. 剪刀　　　　　　　○ D. 原子筆

5. 哪一個按鈕能打開橡皮擦的盒子？

　　　○ A. 紅色鍵　　　　　　○ B. 藍色鍵

　　　○ C. 黃色鍵　　　　　　○ D. 綠色鍵

6. 以下哪一項是筆盒給「我」的感覺？

　　　○ A. 奇怪　　○ B. 實用　　○ C. 新奇　　○ D. 破舊

7. 根據括號內的提示，描述你的筆盒。

創意
寫作題

　　　我的筆盒是　　　　　　　　　　色（甚麼顏色？），

　　　筆盒上有　　　　　　　　　　圖案（甚麼圖案？），

　　　裏面放了　　　　　　　　　　　　（甚麼文具？）。

練習 ③

✔ 學習重點

字詞：部件、動詞

句式：並列句「……和……都……」

一 部件辨識：圈出有以下部件的字。

1.「木」部件	起 果 樹 查 地
2.「口」部件	日 喝 別 內 狗
3.「手（扌）」部件	打 飲 捉 拳 場
4.「人（亻）」部件	做 來 字 內 今

二 部件辨識：依照例子，在 ☐ 內填上適當的部件。

語基小助教

有些部件放在不同位置，字形也會不同。

例：姑母

1. 流 ☐ 干

2. 馬 ☐ 路

3. 秌 ☐ 天

4. 交通 ☐ 登

5. 牛 ☐ 乃

6. 氵☐ 淇淋

7. 受 ☐ 煬

8. ☐ 失倒

9. ☐ 另力

三 動詞辨識：圈出句子中的動詞。（可選多於一個答案）

例：我高興得(跳)起來。

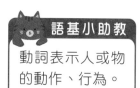

語基小助教

動詞表示人或物的動作、行為。

1. 新年時，我和家人一起吃團年飯。

2. 飛機飛上高高的天空。

3. 弟弟伸手摸小狗。

4. 魚兒有時在水裏游，有時跳出水面。

四 選詞填充：選出適當的動詞，填在（　　）內。

推　　　穿　　　洗　　　爬　　　摘

1. 天氣寒冷，我們要（　　　　）厚衣服保暖。

2. 小蝸牛慢慢地（　　　　）上牆壁。

3. 我會自己（　　　　）頭髮。

> **語基小助教**
>
> 運用「……和……都……」的句式重組句子。

五 重組句子：把以下的字詞和標點符號，按先後次序在（　）內填上數字，使成為通順的句子。

（　　）（　　）（　　）（　　）（　　）（　　）

1.　都　　　游泳　　　喜歡　　　爸爸和　　　媽媽　　　。

（　　）（　　）（　　）（　　）（　　）

2.　昨天　　　都　　　下雨　　　和今天　　　。

六 改寫句子：依照例句，改寫以下的句子。

例：小欣是我的同學。家明是我的同學。

　　小欣 和 家明 都 是我的同學。

> **語基小助教**
>
> 「都」字強調事物的相同之處，常用「和」字串連，令句子更簡潔。

1. 老師很關心我。同學很關心我。

_____

2. 巴士是交通工具。火車是交通工具。

_____

細心閱讀下文，然後回答問題。

兔子和烏龜

　　兔子和烏龜一起在森林長大。兔子走得愈來愈快，但烏龜的殼愈來愈重，走路更加慢了。

　　有一天，兔子和烏龜相約到河邊玩耍。兔子等了很久仍不見烏龜，他感到很不耐煩①，想要離開。這時烏龜來到了，說：「對不起！下雨後路 5 很難走，所以遲到了。」兔子很生氣，說要跟烏龜絕交，然後轉身離開。烏龜傷心地哭起來。

　　沒想到，兔子在途中遇到一隻獅子。飢餓的獅子不斷追着他，兔子像風一樣跑呀跑，最後回到了河邊。烏龜看見兔子有危險，立刻叫他跳到 10 自己背上，然後背着兔子游到對岸。

　　他們脫險②後，兔子紅着臉對烏龜說：「謝謝你救了我！我們還可以再做朋友嗎？」烏龜說：「當然可以，朋友應該互相幫助。」

積累詞語

① 不耐煩：沒有耐心。

② 脫險：脫離危險。

1. 從文中第三段找出適當的詞語，填在＿＿＿上。

   (1) 妹妹在回家＿＿＿＿＿＿遺失了髮夾。

   (2) 小貓＿＿＿＿＿＿上桌子找食物。

2. 兔子和烏龜走路的速度有甚麼不同？

   兔子走得很 (1) ☐ ，而烏龜走得很 (2) ☐ 。

3. 第二段中，烏龜感到很傷心，因為

   ○ A. 兔子遲到了。

   ○ B. 兔子沒有等待烏龜。

   ○ C. 兔子沒有到河邊。

   ○ D. 兔子要跟烏龜絕交。

4. 為甚麼烏龜會遲到？

   因為＿＿＿＿＿＿＿＿＿＿＿＿＿＿＿＿＿，所以烏龜遲到了。

5. 根據文章內容，按事情發生的先後次序排列以下各項。
   （把英文字母填在方格內）

   A. 兔子遇到獅子。

   B. 烏龜遲到。

   C. 烏龜背着兔子游到對岸。

   ☐ → ☐ → ☐

6. 兔子跟烏龜絕交做得對嗎？如果你是烏龜，你會再和兔子做朋友嗎？試跟父母談談怎樣跟朋友相處。

一 標點符號：在 ☐ 內填上逗號或句號。

☐ ， ☐ 。

例：雨停了 ，我們可以出去玩耍 。

1. 樹上有個鳥窩 ☐

2. 同學安靜地聽老師講課 ☐

3. 明天是媽媽生日 ☐ 我畫了一張生日卡給她 ☐

4. 早上 ☐ 我在家裏吃了早餐才上學 ☐

5. 比賽時 ☐ 我十分緊張 ☐ 所以表現不好 ☐

6. 我的書包裏有書本 ☐ 有文具盒 ☐ 還有水壺 ☐

二 選詞填充：選出適當的形容詞，填在（ ）內。

| 甜 | 生氣 | 害怕 | 乾淨 | 短短的 |

1. 我做錯事，讓媽媽很（ ）。

2. 這個西瓜真（ ）！

3. 小狗有（ ）尾巴。

4. 回家後要把雙手洗（ ）。

5. 大家看見老鼠，（ ）得大叫起來。

三　顏色詞辨識：圈出句子中表示顏色的詞語。

1. 四周黑漆漆的，甚麼都看不見。

2. 秋風把紅葉一片一片吹落。

3. 祖父和祖母的的頭髮都變白了。

語基小助教

先找出□中的詞語形容甚麼事物，再想想該詞語形容得是否貼切。

4. 公園裏的樹木長了綠葉。

四　判斷句子：句子中畫有□的詞語，用對的在（　）內加 ✓；用錯的在（　）內加 ✗。

1. 小孩子在 綠油油 的草地上踢球。　　　　　　　（　　　）

2. 超級市場有很多人，十分 安靜 。　　　　　　　（　　　）

3. 太陽高高掛在 黑色 的天空上。　　　　　　　　（　　　）

4. 夏天十分 炎熱 ，我喜歡去游泳。　　　　　　　（　　　）

五　擴張句子：把（　）內的詞語加在句子的適當位置。

1. 我愛吃雪糕。（冰凍的）

_____

2. 金魚有一雙眼睛。（可愛的）（圓圓的）

_____

3. 聖誕老人穿着衣服，留着鬍子。（紅）（白）

_____

細心閱讀詩歌，然後回答問題。

四季的顏色

春天是甚麼顏色？
忙碌的蜜蜂在花園一邊採蜜，
一邊說是鮮紅色的。

夏天是甚麼顏色？
快樂的泳客在海中一邊游泳，　　　5
一邊說是碧綠色的。

秋天是甚麼顏色？
勤力的農夫在稻田一邊收割^①，
一邊說是金黃色的。

冬天是甚麼顏色？　　　　　　　　10
興奮的孩子在山坡一邊玩雪，
一邊說是白茫茫^②的。

我說四季是五彩繽紛^③的，
感謝大自然帶給人們美麗的四季。

積累詞語

① 收割：割取農作物。
② 白茫茫：形容白色一片。
③ 五彩繽紛：形容顏色非常多，十分好看。

1. 從詩歌中找出適當的詞語，填在＿＿＿上。

    (1) 哥哥希望考取好成績，所以＿＿＿＿＿＿＿＿地讀書。

    (2) ＿＿＿＿＿＿＿＿天氣炎熱，我們要多喝水。

2. 這首詩歌共有多少節？ ＿＿＿＿＿＿＿＿節。

3. 根據詩歌內容，以下植物是甚麼顏色的？把答案寫在＿＿＿上，並把圖案塗上顏色。

    春天的花：(1) ＿＿＿＿＿＿＿＿＿＿

    秋天的稻：(2) ＿＿＿＿＿＿＿＿＿＿

4. 「碧綠色」是形容甚麼事物的顏色？

    ○ A. 花朵　　　　　　　○ B. 海洋

    ○ C. 蜜蜂　　　　　　　○ D. 稻田

> **閱讀小助教**
>
> 「碧綠色」出現在詩歌哪一節？它的前一個句子提及了哪個地方？

5. 以下哪一項不符合詩歌的內容？

    ○ A. 蜜蜂在花園採蜜。　　○ B. 泳客在泳池游泳。

    ○ C. 農夫在田裏收割。　　○ D. 孩子在山坡玩雪。

6. 「我」感謝大自然甚麼？

    「我」感謝大自然＿＿＿＿＿＿＿＿＿＿＿＿＿＿＿＿＿。

一 數詞辨識：圈出以下句子中的數詞。

語基小助教

數詞用來表示確定的數目或概數等，常常配搭量詞使用。

1. 雪櫃裏有三盒牛奶。

2. 我吃了兩個麪包。

3. 有幾個人在排隊買東西。

4. 我住在十一樓。

5. 爸爸買了半打蛋撻回來。

二 量詞辨識：在（ ）內圈出正確的量詞。

1. 這（ 個 / 隻 / 雙 ）運動鞋是外婆買給我的。

2. 魚缸裏有三（ 頭 / 尾 / 隻 ）金魚。

3. 雨後，天空出現了一（ 道 / 座 / 朵 ）彩虹。

4. 媽媽買了三（ 份 / 塊 / 張 ）電影門票。

5. 這（ 片 / 件 / 條 ）毛衣又美麗又温暖。

三 選詞填充：選出適當的詞語，填在＿＿＿上。

杯　　兩　　枝　　塊

　　聖誕節時，爸爸買了炸雞和薄餅回家慶祝。我吃了
(1)＿＿＿隻雞腿和一(2)＿＿＿薄餅，還喝了一(3)＿＿＿果
汁，肚子飽得像氣球一樣鼓起來。

四 人稱代詞辨識：在（　）內圈出正確的人稱代詞。

> **語基小助教**
> 「我」代替自己；
> 「你／您」代替說話的對象；「她」代替女性；「他」代替男性。

1. （ 你 ／ 我 ）可以告訴我超級市場在哪裏嗎？

2. 小華問老師：「（ 我 ／ 你 ）可以去洗手間嗎？」

3. 外公是一位書法家，（ 她 ／ 他 ）寫字十分漂亮。

4. 爺爺，祝（ 他 ／ 您 ）身體健康！

5. 美美是一個活潑的女孩子，（ 她 ／ 他 ）很愛笑。

6. 爸媽悉心照顧（ 我 ／ 你 ），我長大後也會好好照顧他們。

五 判斷句子：句子中畫有 ☐ 的部分，用對的在 ☐ 內加 ✓；用錯的在 ☐ 內加 ✗。

> **語基小助教**
> 句式「……又……又……」把事物的兩個特點連起來，而且必須合理。

1. 象的鼻子 又長又短 。　☐

2. 這個蘋果 又大又甜 。　☐

3. 兔子的毛 又粗又柔軟 。　☐

4. 媽媽做的菜 又健康又美味 。　☐

六 續寫句子：依照例句，運用提供的句式續寫句子。

> 「……又……又……」

例：草莓又香又甜。

1. 獅子＿＿＿＿＿＿＿＿＿＿＿＿＿＿＿＿＿＿＿＿＿。

2. 樹木＿＿＿＿＿＿＿＿＿＿＿＿＿＿＿＿＿＿＿＿＿。

細心閱讀下文，然後回答問題。

「便便」躲起來了

　　豬媽媽有兩個兒子。豬大哥甚麼東西都吃，所以身體又強壯又健康。豬弟弟卻非常偏食①，只愛吃巧克力、薯片、冰淇淋等零食，又不肯吃蔬菜、水果和喝清水，結果身體十分肥胖，還經常生病。　5

　　有一天，豬弟弟的肚子痛極了！他趕快去廁所，可是無論怎麼用力，還是不能把大便排出，他痛得大哭起來。豬媽媽立刻帶豬弟弟去看醫生。　10

　　醫生為豬弟弟檢查身體，又問他平時吃甚麼，然後說：「你是便祕②呀！如果你想排便通暢，就要多吃蔬菜、水果和多喝清水，否則『便便』就會躲在肚子裏，不肯離開啊！」豬弟弟知道錯了，答應醫生會多吃有益的食物。　15

積累詞語

① 偏食：只吃某些食物。
② 便祕：因糞便在大腸的時間停留過長，令大量乾硬糞便堆積在腸子，造成排便不順。

1. 從文中第三段選出適當的詞語，填在＿＿＿上。

   (1) 我們要每天洗澡，保持＿＿＿＿＿＿＿＿清潔。

   (2) 妹妹做錯事後，＿＿＿＿＿＿＿＿在房間裏不敢出來。

2. 以下哪一項不符合對豬弟弟的描述？

   ○ A. 他愛吃零食。

   ○ B. 他愛吃蔬菜和水果。

   ○ C. 他不愛喝水。

   ○ D. 他十分肥胖。

3. 為甚麼豬媽媽要帶豬弟弟去看醫生？

   ○ A. 因為豬弟弟不肯吃水果。

   ○ B. 因為豬弟弟肚子痛。

   ○ C. 因為豬弟弟愛吃零食。

   ○ D. 因為豬弟弟用不到力。

4. 醫生告訴豬弟弟怎樣做才可以排便通暢？

   醫生告訴豬弟弟要多吃(1)＿＿＿＿＿＿＿和(2)＿＿＿＿

   ＿＿＿＿，還要多喝(3)＿＿＿＿＿＿＿。

5. 文中哪一段記述豬弟弟看醫生的經過？

   文中第＿＿＿＿＿＿＿＿段記述豬弟弟看醫生的經過。

6. 試跟父母談談哪些食物可以幫助排便通暢，並寫在下面。

親子題

一 筆順：把以下的字按筆順規則，填在（　）內。

| 兄 | 同 | 好 | 是 | 川 | 風 |

1. 先上後下　　　2. 先左後右　　　3. 先外後內

例：（ 兄 ）　　　　（　　）　　　　（　　）

　　（　　）　　　　（　　）　　　　（　　）

二 選詞填充：選出適當的擬聲詞，填在＿＿＿上。

| 呱呱 | 喵喵 | 呷呷 |

| 汪汪 | 隆隆 | 咩咩 | 喔喔 |

1. 小狗看見客人，＿＿＿＿＿＿＿叫起來。

2. 小貓肚子餓，＿＿＿＿＿＿＿叫不停。

3. 下雨天，小青蛙開心地＿＿＿＿＿＿＿叫。

4. 清晨，大公雞＿＿＿＿＿＿＿地叫大家起牀。

5. 鴨子一邊走，一邊＿＿＿＿＿＿＿叫。

6. 天空傳來＿＿＿＿＿＿＿的雷聲，看來快要下雨了。

語基小助教
先找出句子描寫的對象是甚麼。

三 標點符號：選出適當的標點符號，填在 ☐ 內。

> ？　　　　　　　　！

1. 為甚麼魚能在水中呼吸 ☐

2. 我得到朗誦比賽冠軍，高興極了 ☐

3. 你會不會摺紙飛機 ☐

4. 這個錢包是你的嗎 ☐

5. 你的衣服真漂亮呀 ☐ 誰買給你的呢 ☐

四 改寫句子：依照例句，把句子改寫成疑問句。

例：麗琪會踏單車。

　　麗琪會踏單車嗎？

1. 明天會下雨。

_____

2. 晚上，我們會吃火鍋。

_____

例：李老師會彈琴。

　　李老師會不會彈琴？

3. 動物會睡覺。

_____

細心閱讀詩歌，然後回答問題。

下雨了

下雨了，
烏雲飄來了，
電光閃閃，雷聲隆隆，
小動物嚇得躲起來。

下雨了，　　　　　　　　5
雨點滴滴答答地落下，
落在頭髮，落在衣服，
涼快又舒服。

下雨了，
雨水沙沙地落下，　　　　10
落在傘子，落在雨衣，
濕淋淋①的快回家。

下雨了，
大雨嘩啦嘩啦地落下，
落在花草，落在泥土，　　15
萬物生長笑哈哈。

積累詞語

① 濕淋淋：非常濕的樣子。

1. 從詩歌中找出適當的詞語，填在＿＿＿上。

   (1) 牆上的大鐘發出＿＿＿＿＿＿＿＿的聲音。

   (2) 這張牀真＿＿＿＿＿＿＿＿，躺下了便不想起來。

2. 根據詩歌內容，雨水沒有落在哪裏？

   ○ A. 泥土　　○ B. 窗戶　　○ C. 雨傘　　○ D. 頭髮

3. 根據詩歌內容，以下哪一項描述不正確？

   ○ A. 小動物不怕電光和雷聲。

   ○ B. 雨點落在身上涼快又舒服。

   ○ C. 雨水把人們弄得濕淋淋。

   ○ D. 下雨時人們立刻回家。

   > **閱讀小助教**
   > 留意詩歌用了不同的擬聲詞形容雨水的大小。

4. 「雨水嘩啦嘩啦地落下」（第 14 行）這句形容雨下得怎樣？

   A. 雨水很小。　　　　　　B. 雨水不大不小。

   C. 雨水很大。　　　　　　D. 雨水斷斷續續。

5. 下雨了，為甚麼萬物會「笑哈哈」（第 16 行）？

   因為雨水＿＿＿＿＿＿＿＿＿＿＿＿＿＿＿＿＿＿＿＿。

創意寫作題

6. 試運用聯想力，仿照詩歌內容寫作句子。

   > 下雨了，雨水＿＿＿＿＿＿＿＿＿＿＿＿＿＿落下，
   > 落在＿＿＿＿＿＿＿＿＿，落在＿＿＿＿＿＿＿＿＿，
   > ＿＿＿＿＿＿＿＿＿＿＿＿＿＿＿＿＿＿＿＿。

一 標點符號：判斷句子中的專名號是否運用正確，正確的在 ☐ 內加 ✓；錯誤的在 ☐ 內加 ✗。

1. <u>陳</u>校長十分親切。 ☐

2. 我常常到<u>公共圖書館</u>借書。 ☐

3. 星期天，我和家人到<u>香港動植物公園</u>遊玩。 ☐

4. <u>陳子山</u>老師是我的班主任。 ☐

5. <u>妹妹</u>跌倒，哇哇大哭。 ☐

6. 爸爸打扮成<u>聖誕老人</u>，派禮物給我。 ☐

二 方位詞：依照圖意，選出正確的方位詞，把答案填在 _____ 上。

外　裏　前　後　上　下

1. 五隻鴨子在池塘 (1) _____ 游泳，鴨媽媽在 (2) _____ 面，小鴨子跟在 (3) _____ 面。

2. 在高高的滑梯 (1) _____ 滑 (2) _____ 去，又刺激又好玩！

三 排句成段：把以下句子排列成通順的段落，並把代表的英文字母填在（　）內。

1. A. 在家裏做曲奇餅
   B. 我和媽媽
   C. 星期天
   （　　）➜（　　）➜（　　）

> **語基小助教**
>
> 句式「……在……」表示人或物的位置，簡單表述為：「（時間）人或物＋在＋位置（事情）」。這裏可先找出時間，再找出人物所在的位置和所做的事情。

2. A. 小動物在森林裏
   B. 聖誕節時
   C. 舉行了熱鬧的派對
   （　　）➜（　　）➜（　　）

四 擴張句子：把（　）內的詞語加在句子的適當位置。

例： 我和家人在吃早餐。（快餐店）
　　　我和家人在 快餐店 吃早餐。

1. 乘客在等車。（巴士站）

_____

2. 弟弟在蹦蹦跳跳。（遊樂場）

_____

3. 我和家人在看星星。（晚上，）（草地上）

_____

學習重點
理解卡類的內容和格式

細心閱讀下文，然後回答問題。

親愛的外祖母：

感謝您親手織了一條圍巾給我。這條圍巾是我喜愛的粉紅色，也代表了您對我的愛，我真的很喜歡啊！我還在圍巾上扣了一個小白兔飾品，讓它看起來更可愛。 5

祝

　　　　　　　　！

孫女

莉莉敬上

十二月十八日 10

1. 從文中找出適當的詞語，填在＿＿＿＿上。

(1) 這個蛋糕是媽媽＿＿＿＿＿＿＿＿做給我的。

(2) 倉鼠身形細小，樣子十分＿＿＿＿＿＿＿＿。

2. 這張卡是＿＿＿＿＿＿＿＿寫給＿＿＿＿＿＿＿＿的。

3. 這是一張

　　○ A. 感謝卡。

　　○ B. 邀請卡。

　　○ C. 生日卡。

　　○ D. 聖誕卡。

4. 以下哪一幅圖是<u>莉莉</u>的圍巾？

　　○ A　　　　　○ B　　　　　○ C　　　　　○ D

5. 這張卡的寫作目的是甚麼？

　　○ A.「我」祝賀外祖母生日快樂。

　　○ B.「我」請外祖母教自己織圍巾。

　　○ C.「我」感謝外祖母送小白兔飾品。

　　○ D.「我」感謝外祖母送圍巾。

6. 文中的 ☐ 位置應該寫上甚麼？

　　_____

甲．語文知識（60分）

一 供詞填充：選出適當的詞語，填在＿＿＿＿上。（10分）

假期	早操	抹	青草	秋天
明亮	講	慌張	時候	鼻子

例：每天早上，有很多人在公園做＿＿＿早操＿＿＿。

1. 明天是＿＿＿＿＿＿＿＿，我們不用上學。

2. 天上有一輪＿＿＿＿＿＿＿＿的月亮。

3. 暑假的＿＿＿＿＿＿＿＿，我和家人去了旅行。

4. 我幫助媽媽＿＿＿＿＿＿＿＿桌子。

5. 小松鼠看見獅子，＿＿＿＿＿＿＿＿地逃走。

二 配詞完句：在 ☐ 內加上一個字，與着色部分的字組成詞語，使句子意思完整。（10分）

1. 媽媽生病了，躺在牀上休 ☐ 。

2. 我把最大的蘋 ☐ 留給弟弟吃。

3. 爸爸買了一個新玩 ☐ 給我。

4. 這個祕 ☐ 不能告訴其他人，知道嗎？

5. 我吃了 ☐ 味的甜品。

三 **標點符號：在 ☐ 內填上正確的標點符號。（7分）**

1. 我去了爺爺位於沙田的家 ☐
☐

2. 今天的天氣真炎熱啊 ☐

3. 您猜得到這份禮物是甚麼嗎 ☐

4. 吃飯時 ☐ 我們要慢慢地吃 ☐ 不要急 ☐

四 **筆順：把以下文字按筆順要求，填寫在（　）內。（6分）**

都　風　上　月　左　回

1. 先寫「一」的字：（　　　　）（　　　　）

2. 先寫「丨」的字：（　　　　）（　　　　）

3. 先寫「丿」的字：（　　　　）（　　　　）

五 **詞語辨識：依照例子，圈出適當的詞語。（6分）**

例：太陽⟮慢慢地⟯下山。（圈出形容詞）

1. 我和媽媽在街市買菜。（圈出動詞）

2. 勤勞的小螞蟻在找食物。（圈出形容詞）

3. 歡樂的聖誕節快到了。（圈出名詞）

（六）配對：依照例子，用直線把左右兩邊的分句連起來，使成為意思完整的句子。（3分）

例： 我和弟弟　　•　　　　• 真美麗！

1. 小綿羊肚子餓了，　•　　　　• 都愛吃西瓜。

2. 這顆珍珠閃閃發光，　•　　　　• 不停地咩咩叫。

3. 春天來了，　　　•　　　　• 在草地上喔喔叫。

　　　　　　　　　　　　　• 大地充滿生氣。

（七）重組句子：把以下的字詞和標點符號，按先後次序在（　）內填上數字，使成為通順的句子。（6分；分題全對才給分）

（ 2 ）（ 1 ）　（ 4 ）　　（ 3 ）（ 5 ）

例：有 ／ 表哥 ／ 模型玩具 ／ 很多 ／ 。

（　）　（　）（　）（　）（　）（　）

1. 山上 ／ 我們 ／ 在 ／ 猴子 ／ 看見 ／ 。

（　）（　）　（　）　（　）（　）（　）

2. 有 ／ 熱鬧 ／ 遊樂場 ／ 很多人 ／ 真 ／ ， ／ ！

八 擴張句子：依照例句，把（　）內的詞語加在句子的適當位置。（6分）

例：小鳥唱歌。（快樂地）
　　小鳥快樂地唱歌。

1. 妹妹爬來爬去。（在地上）

2. 樹葉發出聲音。（沙沙的）

九 改寫句子：依照例句，改寫以下的句子。（6分）

例：太陽在天上。月亮在天上。
　　太陽和月亮都在天上。

1. 海豚在海洋生活。鯊魚在海洋生活。

例：外面冷。外面下雨。
　　外面又冷又下雨。

2. 果園的蘋果很新鮮。果園的蘋果很清甜。

乙．閱讀理解（40分）

十 細心閱讀下文，然後回答問題。（20分）

> 　　我的姐姐就讀六年級，人稱「英文博士」，因為她的英文非常好。姐姐每次考試都取得第一名，但她沒有驕傲自大。
>
> 　　我升上一年級後，第一次英文默書就不及格。乘校車回家時，我難過得哭了。姐姐問我發 5 生甚麼事，當她知道我的困難後，決定每天替我溫習英文。
>
> 　　姐姐教我認讀生字，又教我說簡單的英語。雖然我學習得慢，有時候花二十分鐘也記不到一個詞語，但她常常鼓勵我。第二次英文默書，我 10 得到了八十分。我開心得跳起來，真是感謝姐姐的幫助！

1. 從文中第三段找出適當的詞語，填在_____上。（4分）

　　(1) 媽媽_____提醒我要小心過馬路。

　　(2) 繪畫花朵十分_____，我一會兒就學會了。

2. 本文共有多少段？（2分）

　　本文共有_____段。

3. 為甚麼人們稱姐姐為「英文博士」?(2分)

　　因為_____。

4. 為甚麼「我」難過得哭了?(3分)

　　○ A. 因為「我」考試沒有取得第一名。

　　○ B. 因為「我」英文默書不及格。

　　○ C. 因為「我」剛升上一年級。

　　○ D. 因為姐姐的成績比「我」好。

5. 以下哪一項是姐姐的性格?(3分)

　　○ A. 驕傲

　　○ B. 耐心

　　○ C. 兇惡

　　○ D. 焦急

6. 文中第三段主要記述(3分)

　　○ A.「我」感謝姐姐幫助。

　　○ B.「我」和姐姐一起乘搭校車。

　　○ C. 姐姐幫助「我」溫習英文。

　　○ D. 姐姐學業成績優秀。

7. 文章結尾中,「我」對姐姐表達了甚麼感情?(3分)

　　_____

綿羊媽媽有很多小羊寶寶，其中一隻叫阿活。阿活常常獨自到山上玩，綿羊媽媽很擔心，警告他說：「你不可以自己到山上玩，小心遇到狼。」但阿活沒有把媽媽的話放在心上。

有一天，阿活趁媽媽和兄弟姐妹在吃草時，又偷偷地跑到山上玩。 5

阿活一邊唱歌，一邊跳舞，非常快樂。可是，「敵人」已經靜悄悄地靠近他了。一隻兇惡的狼忽然跳了出來！阿活嚇得轉身就跑，大叫：「媽媽救我啊！」狼緊緊追着他，眼看就要追上了！這時候，牧羊人突然出現，用木棒把狼趕走，救了阿活。 10

綿羊媽媽看見阿活平安回來，高興得哭了。以後，阿活不敢再貪玩，也會媽媽的話了。

1. 從文中找出兩個有「手（扌）」部件的字，填在（　）內。
（4分）

（　　　　　）（　　　　　）

2. 阿活偷偷地到哪裏玩耍?（2分）

   阿活偷偷地到＿＿＿＿＿＿＿＿＿玩耍。

3. 第三段中的「敵人」是指誰?（3分）

   第三段中的「敵人」是指＿＿＿＿＿＿＿＿＿。

4. 誰救了阿活?（2分）

   ＿＿＿＿＿＿＿＿＿救了阿活。

5. 根據文章內容,阿活是一個怎樣的孩子?（3分）

   ○ A. 聰明　　　　　　○ B. 頑皮

   ○ C. 乖巧　　　　　　○ D. 懶惰

6. 為甚麼綿羊媽媽會哭?（3分）

   ○ A. 因為阿活被狼吃掉了。

   ○ B. 因為阿活被牧羊人捉走了。

   ○ C. 因為阿活平安回家。

   ○ D. 因為阿活受了傷。

7. 這個故事告訴我們甚麼道理?（3分）

   ○ A. 小孩子可以獨自去玩耍。

   ○ B. 遇到敵人要立刻逃跑。

   ○ C. 遇到困難要找人幫助。

   ○ D. 小孩子不要獨自去玩耍。

一 部件：把以下的部件組合成新字，填在＿＿＿＿上。

例：言 ＋ 十 ＝＿＿＿計＿＿＿

1. 言 ＋ 吾 ＝＿＿＿＿＿＿

2. 虫 ＋ 青 ＝＿＿＿＿＿＿

3. 其 ＋ 月 ＝＿＿＿＿＿＿

4. 甲 ＋ 鳥 ＝＿＿＿＿＿＿

5. 木 ＋ 日 ＋ 心 ＝＿＿＿＿＿＿

6. 虫 ＋ 古 ＋ 月 ＝＿＿＿＿＿＿

二 人稱代詞辨識：圈出正確的人稱代詞。

語基小助教

「牠」代替動物；
「它」代替死物。

1. 這隻兔子是我養的，（ 它 / 牠 ）叫小雪。

2. 舊衣服不合穿，可以把（ 它們 / 牠們 ）放進回收箱。

3. 我有一個智能機械人，（ 它 / 牠 ）會教我讀詞語。

4. 一羣螞蟻正在搬食物，（ 牠們 / 牠 ）十分齊心。

三 人稱代詞辨識：選出正確的人稱代詞，填在＿＿＿＿上。

我們　　　　他們　　　　她們

1. 陳叔叔和爸爸是同事，＿＿＿＿＿＿經常去遠足。

2. 今天，媽媽帶我去參加比賽，＿＿＿＿＿＿一早就出門。

3. 媽媽和姐姐沒有帶雨傘，大雨把＿＿＿＿＿＿的衣服淋濕了。

4. 我在遊樂場看見子俊，然後＿＿＿＿＿＿一起玩耍。

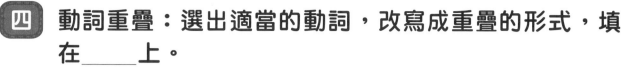

四 動詞重疊：選出適當的動詞，改寫成重疊的形式，填在＿＿＿上。

☆聽　☆搖　☆扭　☆拍　☆走

例：空閒時，可以＿＿＿看看＿＿＿書增進知識。

1. 大家一起跟着音樂＿＿＿＿＿＿＿手。

2. 妹妹＿＿＿＿＿＿＿頭說：「我不喜歡吃苦瓜。」

3. 吃完飯後＿＿＿＿＿＿＿路，可以幫助消化。

4. 在沙灘上＿＿＿＿＿＿＿海浪的聲音，真放鬆！

5. 疲累的時候可以＿＿＿＿＿＿＿腰，做一些伸展動作。

五 改寫句子：依照例句，改寫以下的句子。

例：爸爸接我放學。媽媽接我放學
　　爸爸 和 媽媽 一起 接我放學。

1. 我收拾房間。姐姐收拾房間。

　＿＿＿＿＿＿＿＿＿＿＿＿＿＿＿＿＿＿＿＿＿＿＿

2. 警察救人。消防員救人。

　＿＿＿＿＿＿＿＿＿＿＿＿＿＿＿＿＿＿＿＿＿＿＿

3. 我參加賣旗活動。小志參加賣旗活動。

　＿＿＿＿＿＿＿＿＿＿＿＿＿＿＿＿＿＿＿＿＿＿＿

細心閱讀下文，然後回答問題。

苦口良藥

最近天氣寒冷，我因為不穿外套生病了。早上起來，我的頭很痛，還不斷流鼻水和咳嗽。媽媽帶我去看病，醫生說我患了感冒，只要準時吃藥，多休息和喝水就會康復。

回到家裏，媽媽餵我喝藥水。她把藥水倒在 ₅ 小湯匙上，送到我嘴邊。我用舌頭舔一舔粉紅色的藥水，苦得立刻把舌頭縮回來。媽媽溫柔地說：「苦口良藥①啊！吃了藥身體就會舒服很多。」雖然藥水很苦，可是生病更辛苦呢！於是我閉着氣一口把藥水吞進肚子裏。 10

我把藥水喝完，媽媽拿出一顆糖果，說：「真是乖孩子！這個獎品送給你。」甜絲絲的糖果在口中慢慢融化，藥水的苦味都不見了。

積累詞語

① 苦口良藥：指能治好病的藥，多苦也要吃。

1. 從文中第一、二段找出適當的詞語，填在＿＿＿＿上。

   (1) 同學要＿＿＿＿＿＿＿＿＿＿上學，不可遲到。

   (2) 我在車廂看見老人家，會＿＿＿＿＿＿＿＿＿＿讓座。

2. 以下哪一項不是「我」的病徵？

   ○ A. 流鼻水　　　　　○ B. 頭痛

   ○ C. 喉嚨痛　　　　　○ D. 咳嗽

3. 以下哪一幅圖最符合「我」喝藥水的情形？

   ○ A　　　　　　○ B　　　　　　○ C

4. 第三段中，媽媽送給「我」的獎品是甚麼？

   媽媽送給「我」的獎品是＿＿＿＿＿＿＿＿＿＿。

5. 第三段中，為甚麼媽媽稱讚「我」是乖孩子？

   ○ A. 因為「我」有穿外套。

   ○ B. 因為「我」把藥水喝完。

   ○ C. 因為「我」願意去看醫生。

   ○ D. 因為「我」會自己吃藥。

親子題 6. 試跟父母談談有甚麼方法可以保持身體健康。

一 反義詞：選出 □ 內字詞的反義詞，填在 ＿＿＿＿ 上。

短　　熱　　小　　勤奮　　喜歡　　勇敢

1. 膽小 的弟弟，躲在 ＿＿＿＿＿＿＿＿ 的爸爸後面。

2. 小美以前是 ＿＿＿＿＿＿＿＿ 頭髮，現在有一頭 長 頭髮。

3. 最近天氣一時 冷 一時 ＿＿＿＿＿＿＿＿ ，很容易生病。

4. ＿＿＿＿＿＿＿＿ 的小蜜蜂努力採花蜜，懶惰 的小蝴蝶天天玩樂。

5. 我 ＿＿＿＿＿＿＿＿ 吃蘋果，但 討厭 吃香蕉。

二 標點符號：判斷以下句子中的冒號和引號是否運用正確，正確的在 □ 內加 ✓；錯誤的在 □ 內加 ✗。

1. 醫生說：「你的腳受傷了，要好好休息。」 □

2. 爸爸鼓勵我說：「下次再努力吧」！ □

3. 「聖誕老人向着我們招手說：呵呵！我來了！」 □

4. 老師問：「誰打破窗子？」同學都不作聲。 □

5. 我對蟑螂說：「小魔怪」，我一定捉到你！ □

6. 「我學會了！」我大聲地說。 □

三　分辨「的」和「地」：依照句子意思，圈出正確答案。

語基小助教
「的」後面多數是名詞；「地」後面多數是動詞。

1. 表姐送了一個美麗（ 的 / 地 ）音樂盒給我。

2. 小貓悄悄（ 的 / 地 ）走進我的房間裏。

3. 活潑（ 的 / 地 ）小金魚在魚缸裏游來游去。

4. 爸爸緊張（ 的 / 地 ）說：「不要跑啊！小心跌倒！」

5. 穿着鮮豔服裝（ 的 / 地 ）小丑，親切（ 的 / 地 ）向遊客打招呼。

四　擴張句子：把（　）內的詞語加到句子中適當的位置。

例：媽媽買了一個西瓜回家。（大大的）
　　媽媽買了一個 大大的 西瓜回家。
　　_____

1. 夏天喝汽水真爽快！（冰涼的）

　　_____

2. 媽媽教我做功課。（耐心地）

　　_____

3. 哥哥推開大門。（用力地）（沉重的）

　　_____

4. 我把這份禮物放好。（珍貴的）（小心地）

　　_____

細心閱讀下文，然後回答問題。

我的第一隻手錶

暑假過後，我便要上小學，媽媽特意①買了一隻手錶給我。

這隻手錶很漂亮，錶面是星星形狀，時針上有一顆閃閃發光的星星。錶帶是藍色的，上面有許多小星星圖案。最厲害的是，它還有鬧 5 鐘功能呢！

上幼稚園的時候，我經常賴牀②，還遲到過幾次。媽媽說遲到是不尊重別人，所以她買了這隻手錶給我，希望我做一個守時的人。

聽到媽媽的教訓，我決定改掉壞習慣，不會 10 再遲到。

積累詞語

① 特意：專為某件事。

② 賴牀：睡醒後仍躺在牀上不肯起來。

1. 從文中找出一個詞語代替 ☐ 內的詞語，寫在 ＿＿＿ 上。

妹妹的頭飾很 美麗 ，得到不少人的稱讚。 ＿＿＿＿＿＿

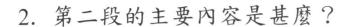

2. 第二段的主要內容是甚麼？

　　○ A. 記述「我」經常遲到。

　　○ B. 描述手錶的外形和功能。

　　○ C. 記述媽媽送手錶給「我」。

　　○ D. 描述「我」收到手錶的心情。

3. 以下哪一項關於手錶的描述正確？

　　○ A. 錶面是圓形。

　　○ B. 分針上有一顆星星。

　　○ C. 手錶帶有星星圖案。

　　○ D. 手錶沒有響鬧功能。

4. 為甚麼媽媽送手錶給「我」？

　　_____

5. 媽媽認為遲到有甚麼壞處？

　　媽媽認為遲到是_____。

6. 「我」得到教訓後有甚麼改變？

　　○ A. 「我」變得愛上學。

　　○ B. 「我」變得守時。

　　○ C. 「我」變得愛戴手錶。

　　○ D. 「我」變得愛賴牀。

親子題

7. 試跟父母談談不守時的壞處。

一　字形結構：分辨以下字的字形結構，把代表的英文字母填在（　）內。

A 衣　B 吃　C 做　D 國　E 羊　F 陽　G 思

H 鼻　I 圈　J 同　K 笑　L 樹　M 意　N 勾

1. 獨體字　＿＿＿＿＿＿＿
2. 上下結構　＿＿＿＿＿＿＿

3. 左右結構　＿＿＿＿＿＿＿
4. 上中下結構　＿＿＿＿＿＿＿

5. 左中右結構　＿＿＿＿＿＿＿
6. 半包圍結構　＿＿＿＿＿＿＿

7. 全包圍結構　＿＿＿＿＿＿＿

二　指示代詞：根據句子意思，圈出正確的代詞。

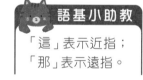

語基小助教

「這」表示近指；
「那」表示遠指。

1. 文傑對我說：「（　這　/　那　）
份禮物送給你。」

2. 望上高高的天空，（　這　/　那　）裏有很多七彩繽紛的風箏。

3. 媽媽指着車廂的告示牌說：「（　這　/　那　）裏不能飲食。」

4. 看！（　這　/　那　）裏有蜜蜂，不要走過去。

5. 我手上（　這　/　那　）張遊戲卡是特別版，不能送給你。

三 「把」字句：根據句子意思，需要加上「把」字的，在 ＿＿＿＿上寫上「把」字；不用的，在＿＿＿＿上加 ✗。

例：我＿＿＿把＿＿＿飯和菜吃光。

1. 獅子＿＿＿＿＿＿＿老虎的食物搶走了。

2. 小晴 ＿＿＿＿＿＿＿貼紙送給我。

3. 弟弟已經＿＿＿＿＿＿＿吃了兩杯雪糕。

4. 昨天，老師教＿＿＿＿＿＿＿我們唱了一首新歌。

5. 下雨了，快＿＿＿＿＿＿＿窗關上！

四 改寫句子：依照例句，改寫以下的句子。

例：小狗咬破了我的衣服。
　　小狗 把 我的衣服咬破了。

1. 我收拾好書桌了。

　　＿＿＿＿＿＿＿＿＿＿＿＿＿＿＿＿＿＿＿＿＿＿＿＿＿

2. 哥哥給我最大的芒果。

　　＿＿＿＿＿＿＿＿＿＿＿＿＿＿＿＿＿＿＿＿＿＿＿＿＿

3. 媽媽關掉了鬧鐘。

　　＿＿＿＿＿＿＿＿＿＿＿＿＿＿＿＿＿＿＿＿＿＿＿＿＿

細心閱讀下文，然後回答問題。

母親節禮物

母親節快到了，我決定買一份禮物送給媽媽，感謝她的用心照顧。

我和爸爸到商場買禮物，想給媽媽驚喜。我在花店看到一個精緻的康乃馨玻璃球，非常喜歡！店員說玻璃球裏的康乃馨是保鮮花，可以永久保存，代表長長久久的愛和祝福。這份禮物不但漂亮，還十分有意義，我立刻叫爸爸買下來。我又到文具店買了彩色畫紙，想親手繪畫感謝卡給媽媽。 5

母親節那天，我送上康乃馨玻璃球和感謝卡。媽媽露出燦爛的笑容，擁抱着我說：「謝謝你！」我們一家人感到非常幸福。 10

1. 從文中找出適當的詞語，填在＿＿＿上。

（1）＿＿＿＿＿＿＿＿＿裏有很多人和店鋪，十分熱鬧。

（2）我有一個＿＿＿＿＿＿＿＿＿的家庭。

2. 為甚麼「我」想買禮物給媽媽？

　　因為「我」想＿＿＿＿＿＿＿＿＿＿＿＿＿＿＿＿＿＿。

3. 以下哪一項符合第二段的內容？

　　○ A. 「我」和媽媽去買禮物。

　　○ B. 「我」在花店買了一束康乃馨。

　　○ C. 「我」想親自繪畫感謝卡給媽媽。

　　○ D. 「我」用自己的零用錢買禮物。

4. 「我」買康乃馨玻璃球的原因是甚麼？（選出兩個答案）

　　○ A. 因為「我」想買給自己。

　　○ B. 因為「我」覺得它很有意義。

　　○ C. 因為「我」覺得它很漂亮。

　　○ D. 因為媽媽最喜歡康乃馨。

5. 以下哪一句最有可能是「我」寫在感謝卡上的語句？

　　○ A. 「媽媽，感謝您送禮物給我。」

　　○ B. 「媽媽，感謝您帶我逛商場。」

　　○ C. 「媽媽，感謝您用心照顧我。」

　　○ D. 「媽媽，感謝您給我零用錢。」

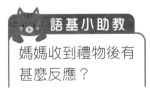

語基小助教

媽媽收到禮物後有甚麼反應？

6. 媽媽喜歡「我」送的禮物嗎？為甚麼？

　　媽媽喜歡／不喜歡（圈出答案）「我」送的禮物，因為媽

　　媽收到禮物後＿＿＿＿＿＿＿＿＿＿＿＿＿＿＿＿＿＿＿

　　＿＿＿＿＿＿＿＿＿＿＿＿＿＿＿＿＿＿＿＿＿＿＿。

練習 **19**

✅**學習重點**

字詞：筆順、形近字、動態助詞（着、了）
修辭：反復
句式：並列複句「……一邊……，一邊……」

一 找筆順：依照例子，把最後寫的筆畫填上顏色。

例：

二 形近字辨識：根據句子意思，圈出正確的答案。

1. 圖書館裏不可以大聲說（ 活 / 話 / 括 ）。

2. 老師稱讚家欣是一個（ 誠 / 成 / 城 ）實的人。

3. 我們要多（ 渴 / 喝 / 竭 ）水和吃蔬菜。

4. 花朵上的露珠在（ 楊 / 揚 / 陽 ）光照射下閃閃發光。

5. （ 作 / 昨 / 炸 ）天是運動會，我參加了跑步比賽。

6. 經常使用電子產品會傷害眼（ 清 / 晴 / 睛 ）。

三 分辨「着」和「了」：在（ ）內圈出正確的答案。

1. 小松鼠睡醒（ 着 / 了 ）。

語基小助教

正在進行中的動作用「着」；已經完成的動作用「了」。

2. 今天一直下（ 着 / 了 ）毛毛雨。

3. 巴士到站（ 着 / 了 ），乘客一個接一個上車。

4. 今天，我觀看（ 着 / 了 ）一場足球比賽。

5. 我正在吃（ 着 / 了 ）飯。

四 配對：在右面選出適當的英文字母，填在（　　）內，使成為意思完整的句子。

例：哥哥一邊聽音樂，（　D　） 　A. 一邊看交通燈。

1. 爺爺一邊澆水，　　　（　　） 　B. 一邊搖尾巴。

2. 小狗一邊叫，　　　　（　　） 　C. 一邊修剪葉子。

3. 爸爸一邊開車，　　　（　　） 　D. 一邊跑步。

五 續寫句子：運用提供的句式，續寫成意思完整的句子。

「……一邊……，一邊……」

語基小助教
前後分句的動作必須能夠同時進行。

1. 姐姐一邊看電視，_____。

2. 我們一邊吃月餅，_____。

3. 弟弟一邊哭，_____。

六 改寫句子：依照例句，運用反復手法改寫以下句子。

例：快跑！火車要開了！
　　快跑！快跑！火車要開了！

_____

1. 加油！快到終點了！

_____

2. 不要急！老婆婆慢慢走。

_____

細心閱讀下文，然後回答問題。

年初一

今天是農曆正月初一，我去了祖父家拜年。

一清早，媽媽就替我悉心打扮。她把我的長髮梳成兩條辮子，然後替我換上紅彤彤的連衣裙。我再穿上新鞋，背上新背包，高高興興地到祖父家去。 5

祖父家裏有很多親戚，非常熱鬧。我向祖父拜年，祝他＿＿＿＿＿＿＿＿＿＿。祖父說：「我也祝你快高長大，學業進步！」然後給了我一個紅包。

我們一起到飯廳吃午飯。桌上放滿了食物， 10 有雞、鴨、蝦、魚、蔬菜等，又豐富又美味。吃完飯後，大人在客廳裏聊天，小孩子便玩「大富翁」遊戲、吃糖果……開開心心地過了一個下午。

黃昏時，爸媽才帶我回家。農曆新年真是個 15 快樂的節日啊！

身體健康　學業進步

1. 從文中找出適當的詞語,填在_____上。

(1) 媽媽很愛美,出門前她都會用心_____。

(2) 街市人來人往,是一個_____的地方。

2. 「我」和親戚在甚麼時間吃飯?

○ A. 清早　　　　　　○ B. 中午

○ C. 黃昏　　　　　　○ D. 晚上

3. 文中第二段主要記述

○ A. 「我」和爸媽出發到祖父家。

○ B. 「我」跟祖父拜年。

○ C. 「我」和親戚一起吃飯。

○ D. 媽媽替「我」打扮。

閱讀小助教

可留意段落的開首和結尾,以找出段落重點。

4. 「我」和親戚沒有在祖父家做甚麼?

○ A. 玩遊戲機

○ B. 玩「大富翁」遊戲

○ C. 聊天

○ D. 吃糖果

5. 「我」覺得新年是一個怎樣的節日?

_____

6. 文中第三段_____的部分應填上甚麼祝福語?

_____

練習 ㉑

一 近義詞填充：選出適當的近義詞，取代句中畫有 □ 的
詞語，把答案寫在 ＿＿＿ 上。

語基小助教

近義詞有時可以互相替代，
有時不可以交換使用。

活潑	可口	整潔	興奮

1. 小孩子在草地上 快樂 地跑來跑去。　　　　＿＿＿＿＿

2. 荔枝又甜又多汁，真 美味 ！　　　　　　＿＿＿＿＿

3. 媽媽把屋子打掃得十分 乾淨 。　　　　　　＿＿＿＿＿

二 近義詞辨識：根據句子意思，圈出正確的詞語。

1. 聽到門鈴響起，我（連忙 / 及時）跑去開門。

2. 當太疲倦的時候，就先（休息 / 小息）一會兒。

3. 今天的天氣很（回暖 / 和暖）。

4. 表姐常常做義工（幫助 / 幫手）別人。

三 標點符號：在以下句子的適當位置加上頓號。

1. 海洋公園裏有很多海洋生物，如鯊魚海豚珊瑚魚等。

2. 我喜歡的美食有炸雞腿漢堡包和蛋糕。

3. 媽媽到街市買了白菜魚豬肉雞蛋，還有水果。

四 聯句：用直線把左右兩邊的文字連起來，使成為意思完整的句子。

1. 生病了要吃藥， •　　　　• 也要照顧我。

2. 月亮又大又圓， •　　　　• 也有攤位遊戲玩。

3. 爸爸和媽媽要上班， •　　　　• 也很明亮。

4. 嘉年華有表演看， •　　　　• 也要多休息。

五 量詞重疊：選出適當的量詞，改寫成重疊的形式，填在（　）內。

例：一（　列列　）火車穿過山洞。

1. 秋風把葉子一（　　　　　　）吹下來。

2. 遊客一（　　　　　　）排隊進入樂園。

3. 垃圾站傳出一（　　　　　　）臭味。

> 個　片
> 列　陣

六 改寫句子：依照例句，改寫以下的句子。

> **語基小助教**
> 「一 AA」式的量詞重疊可以表示數量很多。

例： 老師把一本圖書放上書櫃。

老師把 一本本 圖書放上書櫃。

1. 一隻蜜蜂在花朵上嗡嗡叫。

_____

2. 汽水機裏放着一盒飲品。

_____

細心閱讀下文，然後回答問題。

美食之旅

　　上星期六，我和媽媽、姨母坐船到澳門遊玩。

　　下船後，我們先到大三巴街，那裏一整條街都是賣伴手禮①的。我們進入了一家賣肉乾的店，老闆娘看見我們露出貪吃的樣子，立刻 5
拿豬肉乾給我們試試。我們吃得津津有味，決定買些回香港送給親友。

　　接着，我們去了一些中式餅店，買了滿滿的「戰利品」，有杏仁餅、蛋卷、鳳凰卷、紐結糖等。葡式蛋撻是澳門的特色美食，我們 10
也買來試試。我大口咬下熱呼呼的蛋撻，舌頭便燙傷了。姨母說我伸出舌頭的樣子像小狗，大家都哈哈大笑。

　　最後，我們到大賽車博物館參觀。我們擺出有趣的動作，拍照留念。休息過後，我們 15
還去吃燒乳豬，然後乘船回家。

積累詞語

① 伴手禮：出門到外地時，為親友買的禮物，如當地的特產、紀念品等。

1. 從文中第三段找出適當的詞語，填在＿＿＿＿上。

   (1) 桌上放滿一盤盤＿＿＿＿＿＿＿＿＿＿，香味傳遍全屋。

   (2) 乘車時，不要把頭和手＿＿＿＿＿＿＿＿＿窗外。

2. 根據文章內容，在＿＿＿＿填上這次美食之旅的資料。

   (1) 地點：＿＿＿＿＿＿＿＿＿　　(2) 時間：＿＿＿＿＿＿＿＿＿

   (3) 人物：「我」、＿＿＿＿＿＿＿和＿＿＿＿＿＿＿

3. 「我們」在大三巴街買了＿＿＿＿＿＿＿＿＿＿當伴手禮。

4. 第三段中的「戰利品」是指

   ○ A. 葡式蛋撻。

   ○ B. 中式餅。

   ○ C. 燒乳豬。

   ○ D. 豬肉乾。

   > **閱讀小助教**
   >
   > 從前文後理找線索，推斷「戰利品」的真正意思。

5. 為甚麼「我」的舌頭燙傷了？

   ＿＿＿＿＿＿＿＿＿＿＿＿＿＿＿＿＿＿＿＿＿＿＿＿＿＿＿＿＿＿＿

6. 根據文章內容，按照「我們」遊覽的先後次序排列以下各項。(把英文字母填在方格內)

   A. 「我們」到大三巴街。

   B. 「我們」到大賽車博物館。

   C. 「我們」去吃燒乳豬。

   D. 「我們」乘船到澳門。

   □ → □ → □ → □

一 形容詞重疊：選出適當的形容詞，改寫成重疊的形式，填在＿＿＿＿上。

| 藍 | 黑 | 快 | 慢 | 厚 | 高 |

例：＿＿黑黑＿＿的天空中滿佈烏雲。

1. 爸爸陪我＿＿＿＿＿＿＿＿地騎單車。

2. 猴子爬上＿＿＿＿＿＿＿＿的大樹摘果子吃。

3. 表哥有近視，戴着一副＿＿＿＿＿＿＿＿的眼鏡。

二 疑問代詞辨識：圈出正確的疑問代詞。

1. 媽媽，你買了（ 甚麼 ／ 為甚麼 ）好吃的東西回來？

3.（ 甚麼 ／ 為甚麼 ）你還不回家？

4.（ 誰 ／ 甚麼 ）會參加跑步比賽？

5.（ 為甚麼 ／ 誰 ）小英沒有上學？

語基小助教

「那」代替所指的事物；「哪」表示疑問或提出問題。

三 代詞辨識：在＿＿＿＿上填上「那」或「哪」。

1. 明天穿＿＿＿＿＿件衣服參加小美的生日會？

2. 哥哥說：「＿＿＿＿＿裏有人在唱歌，我們去看看。」

3.「你剛才去了＿＿＿＿＿裏？」媽媽焦急地問。

4. ＿＿＿＿＿座山就是泰山，真的又高大又雄偉啊！

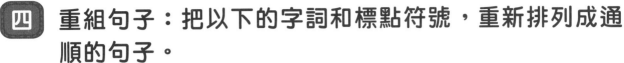
四 重組句子：把以下的字詞和標點符號，重新排列成通順的句子。

1. 狗 / 為甚麼 / 伸出 / 會 / 舌頭 / ？

_____

2. 最先 / 到達 / 終點 / 誰 / ？

_____

五 比喻：分辨以下的句子是否比喻句，是的在（　）內加 ✓；不是的，在（　）內加上 ✗。

1. 仙人掌的刺像尖尖的針。　　　（　）

2. 我的樣子長得像媽媽。　　　　（　）

3. 月亮好像圓形。　　　　　　　（　）

4. 西瓜像蘋果。　　　　　　　　（　）

5. 運動員跑得像飛機一樣快。　　（　）

> **語基小助教**
>
> 有些情況不能用作比喻，例如：同類事物、形狀。另外，「像」有時指相像，而不是比喻。

六 句式仿作：參照例句寫作句子。（句子不少於九個字，不可使用例句中 □ 的字）

例：天上的星星 像 寶石 一樣 閃亮 。

1. _____

2. _____

細心閱讀下文，然後回答問題。

可怕的舅公

　　暑假到了，我跟媽媽回中山探望舅公。舅公身材高大，說話響亮得像一個大鐘。最嚇人的是他臉上沒有一點笑容，真的很可怕！

　　第二天清早，我被「鐘聲」喚醒。舅公板着臉對我說：「小孩子不可睡懶覺，要早睡早起， 身體才健康。」我心想：慘了，連放暑假都不可以晚一點起牀，比上學還辛苦呢！　　　　　5

　　吃過早餐，舅公帶我到果園。舅公爬上梯子，小心翼翼地把桃子摘下，我就幫忙把桃子放在籃子裏。辛苦了一個上午，我們終於可以休息了。　　10

　　舅公把一個最大的桃子清洗乾淨，然後剝去外皮給我吃。我一邊吃着香甜多汁的桃子，一邊對舅公大笑，舅公也笑了。舅公見我的小腿被蚊子咬了幾口，立刻拿出藥膏替我塗抹。我心想：原來舅公並不可怕呢！　　　　　15

1. 從文中第一、二段找出適當的詞語，填在＿＿＿＿上。

　（1）我在書上看到一張＿＿＿＿＿＿＿＿的蜘蛛圖片。

　（2）爸爸經常要加班，工作很＿＿＿＿＿＿＿＿。

2. 根據第一段，填寫有關「我」探望舅公的資料。

時間：(1) _____　　地點：(2) _____

3. 「我」第一次看見舅公時有甚麼感受？

　　○ A. 擔心　　　　　　○ B. 害怕

　　○ C. 高興　　　　　　○ D. 期待

4. 第二段的「鐘聲」是指甚麼？

　　○ A. 舅公走路的聲音。　　○ B. 舅公家中的鬧鐘聲。

　　○ C. 舅公的電話鈴聲。　　○ D. 舅公說話的聲音。

5. 根據文章內容，按事情發生的先後次序排列以下各項。
　（把英文字母填在方格內）

　　○ A. 「我」和舅公吃桃子。

　　○ B. 「我」和舅公去果園。

　　○ C. 「我」和舅公摘桃子。

　　○ D. 舅公替「我」塗藥膏。

　　□ → □ → □ → □

6. 根據第四段，舅公是一個怎樣的人？

閱讀小助教
根據人物所做的事，判斷他的性格。

　　○ A. 細心　　　　　　○ B. 勤力

　　○ C. 兇惡　　　　　　○ D. 冷淡

7. 根據文章內容，「我」最後對舅公的感覺有甚麼改變？

　　「我」發現舅公_____。

甲 . 語文知識（60 分）

一 供詞填充：選出適當的詞語，填在＿＿＿上。（8 分）

校長	精彩	乾淨	到處	煩惱
需要	鼓起	珍貴	事情	舒適

1. 這場籃球比賽真＿＿＿＿＿＿＿＿＿！

2. 難道你不知道她是學校的＿＿＿＿＿＿＿＿＿＿？

3. 小文＿＿＿＿＿＿＿＿勇氣，向老師承認自己打破了窗子。

4. 這裏風景美麗，微風吹來，十分＿＿＿＿＿＿＿＿。

二 字詞辨識：選出正確的答案，填在（　）內。（8 分）

偷　愉　輸

1. 登山雖然疲累，但我的心情十分（　　）快。

2. 這次比賽我們（　　）了，真可惜！

棵　顆　課

3. 天上每一（　　）星星，都是一個星球。

4. 你知道這（　　）植物的名字嗎？

三 標點符號：在 ☐ 內填上正確的標點符號。（8分）

1. 加油 ☐ 希望你下次取得更好的成績。

2. 「小傑，為甚麼你不吃飯 ☐」媽媽問。
   ☐

3. 我的早餐很豐富，有麵包 ☐ 香腸和雞蛋 ☐

4. 小英問 ☐ ☐ 你的鉛筆可以借給我嗎？ ☐

5. 昨天 ☐ 老師帶我們去參觀消防局。

四 動詞辨識：圈出句子中的動詞。（每句可選多於一個答案）（5分）

1. 小番茄開花後，才會結果實。

2. 樹葉從樹上飄落下來。

3. 小晴在操場上跌倒，她痛得大哭起來。

五 部件：在 ☐ 內填上適當的部件，與着色部分組成一個完整的字。（4分）

1. 小 ☐ 文子把人咬得又紅又痛。

2. 我 木☐ 信你一定不會說謊。

3. 校工每天都把學校 清☐ 潔得乾乾淨淨。

4. 我把爸爸給的零用錢放在錢 代☐ 裏。

六 配對：在右面選出適當的英文字母填在（　）內，使成為意思完整的句子。（6分）

例：考試時，　　　　　　（　D　） A. 他在家裏休息。

1. 快下雨了，　　　　　　（　　） B. 一邊看電視。

2. 弟弟一邊做功課，　　　（　　） C. 要記得帶雨傘啊！

3. 明輝生病了，　　　　　（　　） D. 不准看別人的試卷。

七 排句成段：把以下句子排列成通順的段落，並把代表的英文字母填在（　）內。（3分；全對才給分）

A. 媽媽都會和我一起看圖書。

B. 每天晚上，

C. 令我愛上閱讀。

D. 她說的故事很有趣，

（　　）→（　　）→（　　）→（　　）

八 重組句子：把以下的字詞和標點符號，重新排列成通順的句子。（6分；分題全對才給分）

1. 買了 / 一束 / 百合花 / 媽媽 / 芳香的 / 。

_____

2. 爸爸 / 一起 / 和我 / 羽毛球 / 下午， / 打 / 。

_____

九 改寫句子：依照例句，改寫以下的句子。（6分）

例：手提電話可以用來打電話。手提電話可以用來聽音樂。
　　手提電話可以用來打電話，也可以用來聽音樂。

1. 上學可以學習知識。上學可以結交朋友。

_____

例：妹妹吃掉了甜甜圈。
　　妹妹把甜甜圈吃掉了。

2. 我弄破了氣球。

_____

十 擴張句子：依照例句，把（　）內的詞語加在句子中適當的位置。（6分）

1. 蝴蝶在飛來飛去。（花朵上）（美麗的）

_____

2. 我和同學做功課。（一起）

_____

十一 細心閱讀下文，然後回答問題。（20 分）

上週日，我和家人到西貢遊玩。我們乘巴士出發，半小時後就到達西貢市中心。

市中心旁邊有一條海濱走廊，可以欣賞美麗的海景。我們在碼頭登上小船，前往離島觀光。

第一個島很小，四周都是岩石，不能上岸。 5
第二個島比較大，我們上了岸，在沙灘上欣賞海邊的風景，享受陣陣微風，然後向樹林進發。那裏的樹木都長得很高很茂密，路上還有各種繽紛漂亮的花朵，我們除了欣賞風景，還拍了很多照片呢！ 10

太陽伯伯下班回家了，我們趕快乘小船回市中心。希望日後有機會再來參觀其他小島呢！

1. 從文中找出適當的詞語，填在＿＿＿上。（4 分）
   (1) 新年時，很多人到海旁＿＿＿＿＿＿＿＿＿煙花。
   (2) 快開學了，我＿＿＿＿＿＿＿＿＿能買一個新筆盒。

2.「我們」乘坐甚麼交通工具遊覽西貢的島？（2分）

「我們」乘坐＿＿＿＿＿＿＿＿＿＿＿＿＿遊覽西貢的島。

3. 為甚麼「我們」不能登上第一個小島？（3分）

   ◯ A. 因為小島風景不美。

   ◯ B. 因為小島停泊了很多小船。

   ◯ C. 因為小島不准人們上岸。

   ◯ D. 因為小島四周都是岩石。

4.「我們」在第二個島的樹林做甚麼？（4分）

「我們」在樹林裏＿＿＿＿＿＿＿和＿＿＿＿＿＿＿。

5. 根據文章內容，按照「我們」遊覽的先後次序排列以下各項。（把英文字母填在方格內）（4分；全對才給分）

   A.「我們」坐船前往離島。

   B.「我們」在島上享受涼風。

   C.「我們」一家到達西貢市中心。

   D.「我們」在碼頭上船。

   ▢ → ▢ → ▢ → ▢

6.「我」和家人在甚麼時候回市中心？（3分）

   ◯ A. 早上   ◯ B. 中午

   ◯ C. 黃昏   ◯ D. 晚上

　　有一天，黃狗和黑狗到樹林玩耍。黃狗發現了一塊肥美的肉，由於肚子太餓了，所以他不願意把肉分給黑狗。黑狗生氣地說：「我們不是好朋友嗎？你為甚麼不把肉分給我？」黃狗說：「這塊肉是我先發現的。」 5

　　狐狸經過，看見那塊肥美的肉，想出了一個奸計。狐狸對黃狗和黑狗說：「不如由我把肉平分給你們吧。」黃狗和黑狗都同意狐狸的做法。

　　狐狸故意把肉分成一大一小，把大的分給黃狗，小的分給黑狗。黑狗認為不公平，狐狸就把 10 黃狗的一份吃了一口。這次到黃狗不滿了，狐狸又把黑狗的一份吃了一口。結果，兩塊肉只剩下尾指大小。狐狸抹了抹嘴巴說：「現在兩塊肉大小相同了！」然後便離開了。

　　黃狗和黑狗看着這兩塊小小的肉，都很後悔 15 因為貪心而上了狐狸的當。

1. 從文中找出適當的詞語，填在＿＿＿＿上。（4分）

　　(1) 我早上沒有吃東西，肚子＿＿＿＿＿＿得咕嚕咕嚕地叫。

　　(2) ＿＿＿＿＿＿＿你不跟弟弟分享零食呢？

2. 黃狗在哪裏發現了肉？（2分）

黃狗在＿＿＿＿＿＿＿＿＿＿發現了肉。

3. 黃狗發現的肉是怎樣的？（2分）

黃狗發現了一塊＿＿＿＿＿＿＿＿＿肉。

4. 為甚麼黃狗不願意把肉分給黑狗？（3分）

因為黃狗＿＿＿＿＿＿＿＿＿＿＿＿＿＿＿＿＿。

5. 為甚麼狐狸要幫黃狗和黑狗分肉？（3分）

○ A. 因為狐狸想偷吃肉。

○ B. 因為狐狸不想黃狗和黑狗吵架。

○ C. 因為狐狸認為黃狗不公平。

○ D. 因為狐狸認為黑狗不公平。

6. 「兩塊肉只剩下尾指大小」（第12—13行）是甚麼意思？（3分）

○ A. 指兩塊肉變得很小。

○ B. 指兩塊肉變得很大。

○ C. 指兩塊肉大小相同。

○ D. 指兩塊肉都失去了。

7. 這個故事告訴我們甚麼道理？（3分）

○ A. 要小心結交朋友。

○ B. 不要跟好朋友爭吵。

○ C. 要和好朋友分享食物。

○ D. 不要因為貪心而被騙。

中文躍升訓練系列

閱讀語基特訓營 小一

責任編輯： 余雲嬌

裝幀設計： 龐雅美、麥穎思

排　　版： 龐雅美

插　　圖： 鄧佩儀

印　　務： 劉漢舉

出版 / 中華教育

香港北角英皇道 499 號北角工業大廈 1 樓 B 室

電話：（852）2137 2338

傳真：（852）2713 8202

電子郵件：info@chunghwabook.com.hk

網址：https://www.chunghwabook.com.hk

發行 / 香港聯合書刊物流有限公司

香港新界荃灣德士古道 220-248 號

荃灣工業中心 16 樓

電話：（852）2150 2100

傳真：（852）2407 3062

電子郵件：info@suplogistics.com.hk

印刷 / 新精明印刷有限公司

香港仔大道 232 號

城都工業大廈 10 樓

版次 / 2024 年 8 月第 1 版第 1 次印刷

©2024 中華教育

規格 / 16 開（285 mm x 210 mm）

ISBN / 978-988-8862-46-7